寓林折枝印選

趙墨良印存

上海書畫出版社

歲在乙未

寓林折枝印選

蔡國聲

寒林折梅争[illegible]

趙墨良

墨良

余殊以篆刻垂卅年初不甚而
字運刀徒以構影為能事殊為可嘆
弱冠從永嘉方先生遊粗知刀法又
從海寧錢先生得窺篆刻大千界
至今老目病矣猶沉溺方寸自不能
自拔中懷復自悲矣嗟不為無益之
事何以遣有涯之生慨慨
墨良趙兄與區區金石緣猶深三十
年每每以為賞所為樂墨良兄

陳茗屋先生序

吉秦漢齊及晚周吳越作以其所長
北平不為所動又好讀書摹古篆之成
詩為印積百餘石識之古人之大化
付梓在即為書數語以志欽佩
歲乙未仲夏夜秀水祭酒陳茗又
在彼之下淮小樓

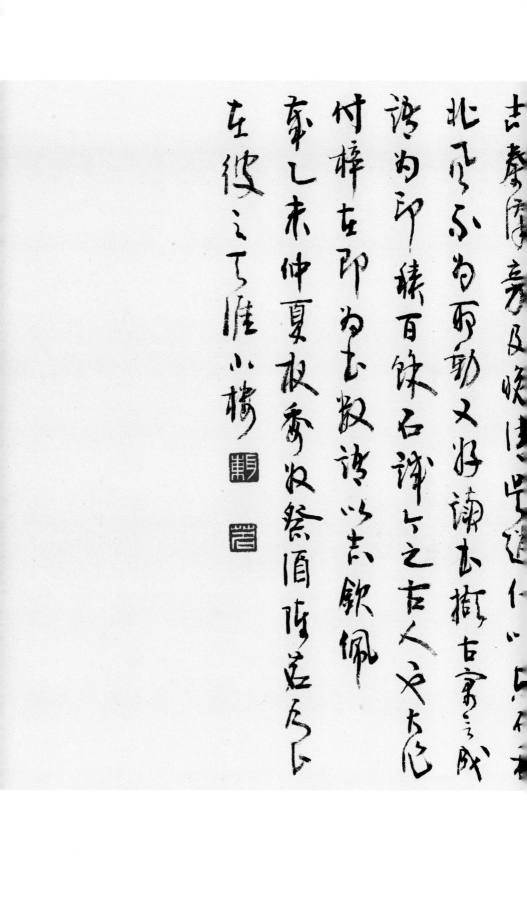

一鼓作氣

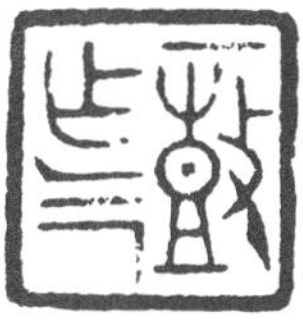

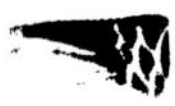

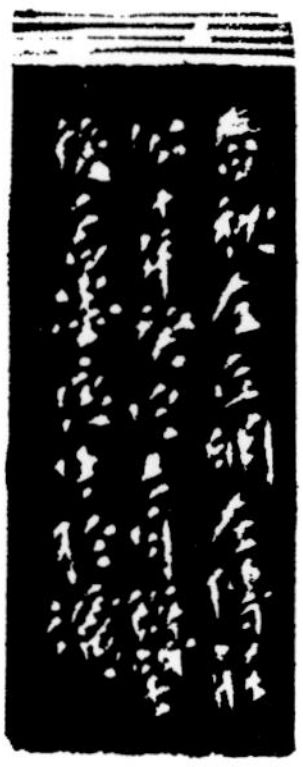

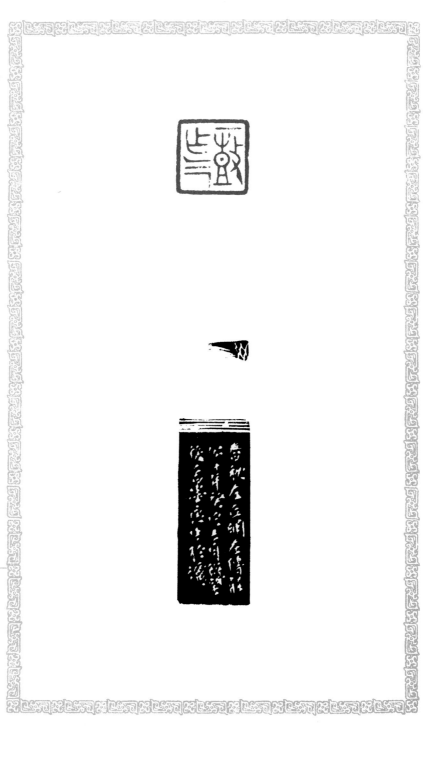

雄鷄斷尾

金壺丹書

揠苗助長

梁上君子

五十步笑百步

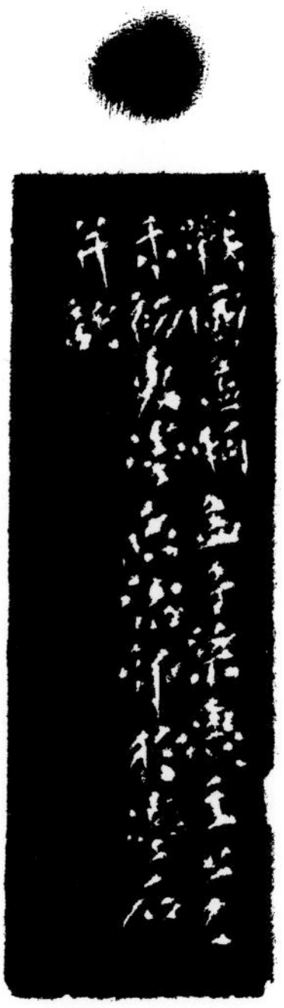

夸父

鄭人買履

濫竽充數

買櫝還珠

郢書燕說

宋人獻璞

守株待兔

老馬識途

三虱食彘

九方皋相馬

枯梧不祥

詹何釣魚

愚公移山

杞人憂天

掩耳盜鈴

循表夜涉

刻舟求劍

室壞不脩

伯牙破琴

賓卑聚之勇

魯侯養鳥

螳螂捕蟬

莊周夢蝶

朝三暮四

相濡以沫

丑婦效顰

操舟若神

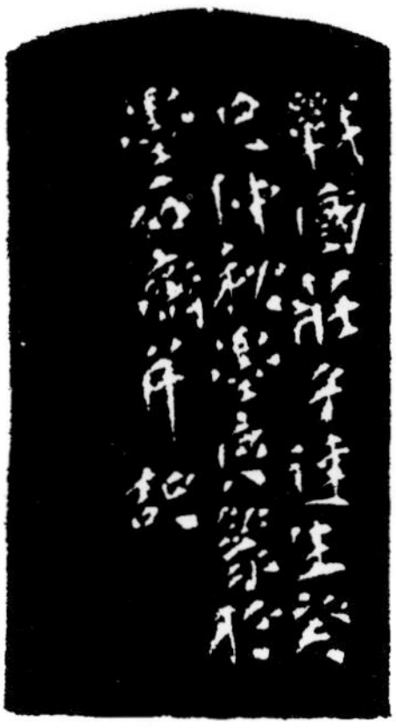

痀僂承蜩

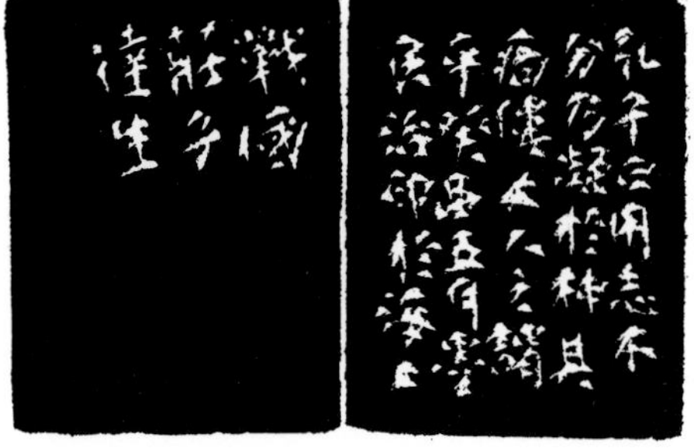

梓慶製鏤

林回棄璧

蒙鳩築巢

歆器

狐假虎威

窺鏡知蔽

畫蛇添足

懸梁刺股

主父答妄

鷸蚌相争

黄口盡得

葉公好龍

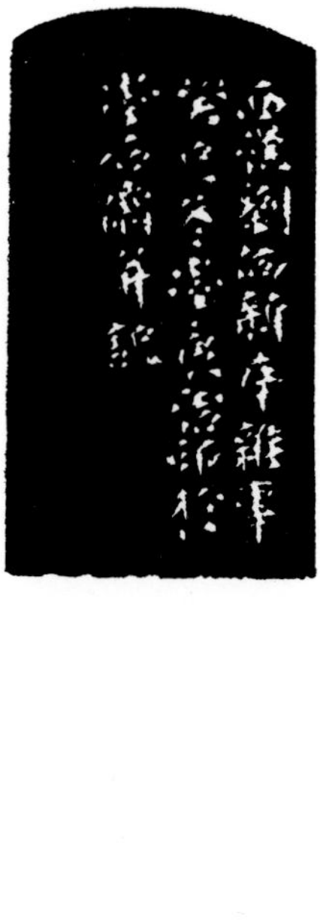

反裘負薪

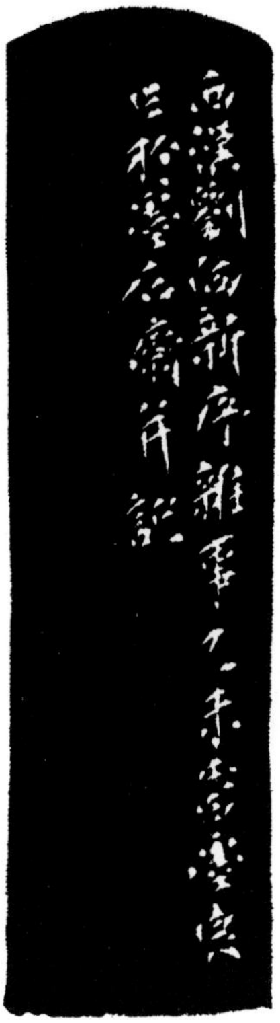

追女失妻

塞翁失馬

羊質虎皮

水滴石穿

毛遂自荐

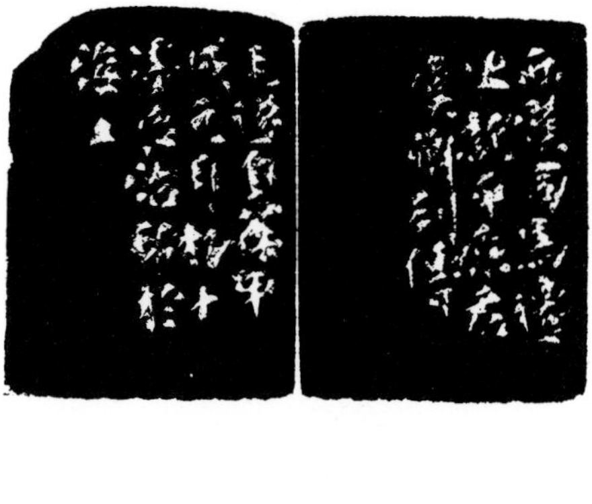

陽鬼難捉

卧薪嘗膽

杯弓蛇影

膠柱鼓瑟

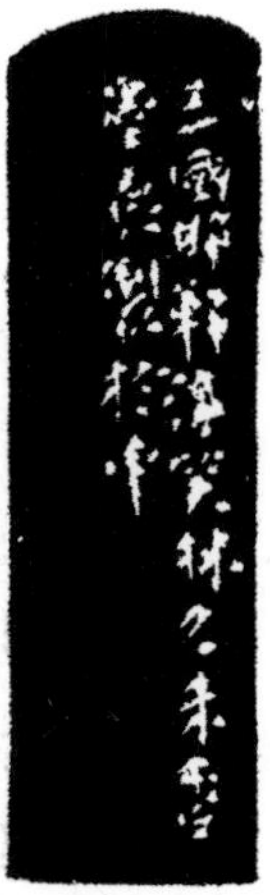

堅壁清野

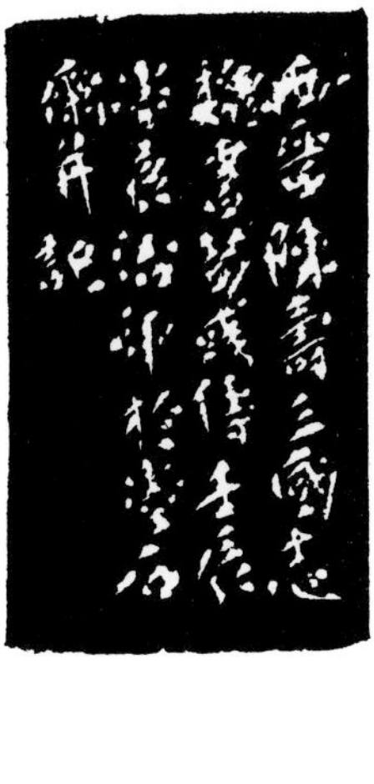

曲突徙薪

窮兵黷武

滄海桑田

防微杜漸

望梅止渴

狂泉

老當益壯

克己奉公

徙衽從陰

車翻豆复

不爲五斗米折腰

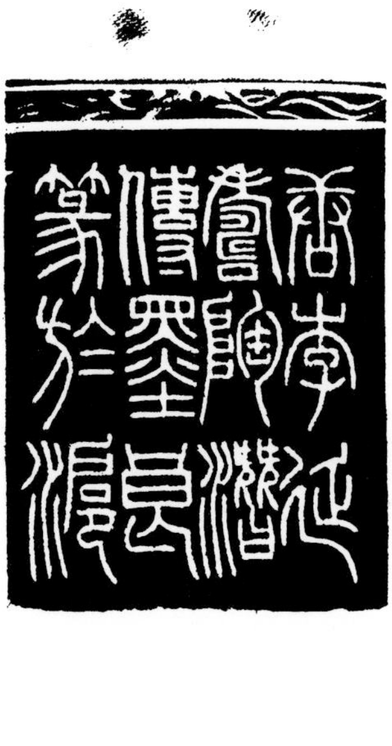

寧為玉碎

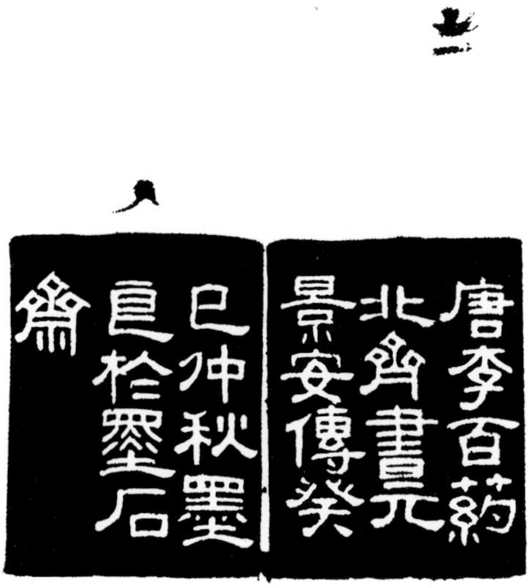

班門弄斧

楚南獵者

狗枷褌裙

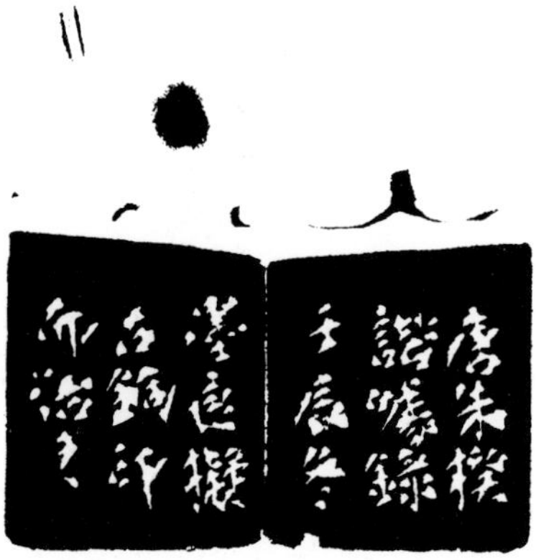

拾樵爭芥

扣盤捫燭

癡人說夢

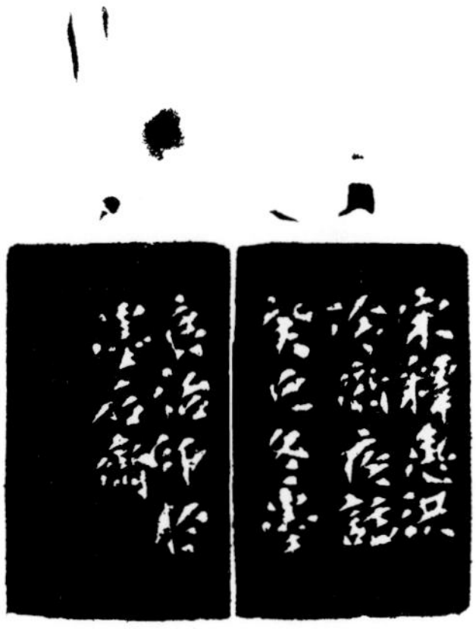

山高水长

鐵杵磨針

烏賊吐墨

歲寒三友

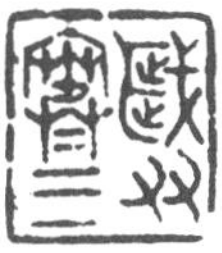

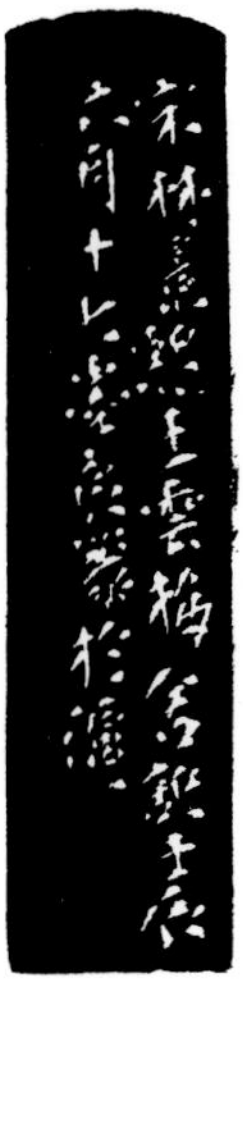

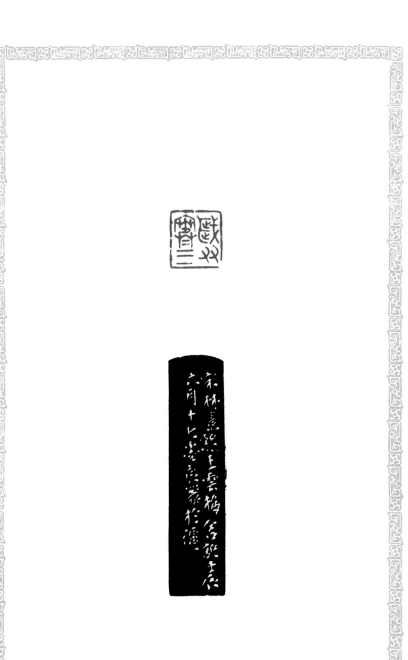

囊螢映雪

南岐安瘿

猱搔虎癢

葺屋遇霽

角象龍唯

列宗子泓

剜股藏珠

洛陽布衣

常羊學射

芻甿戒騎

紺羽之鵲

賈人覆舟

三人行賈

東郭救狼

摇樹取菱

爲虎作倀

群神朝拜

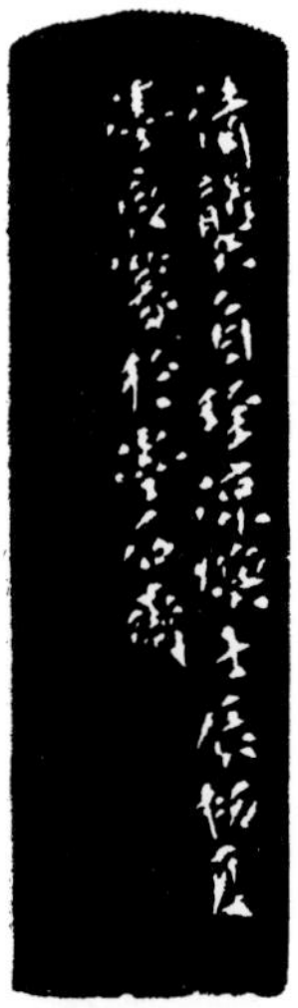

莫砍虎皮

楚人患告

客擊秦斯

虛言招謗

後記

寓言典故在中國光輝燦爛文學遺産中占有重要地位，而且也是世界古代寓言寶庫中一份光彩奪目的瑰寶。寓言内容極其豐富、言簡意賅、生動形象，從多個方面，刻畫了先人的日常生活和社會活動，描述手法用比擬、誇張、隱喻等方法，反映了現實社會生活中的真、善、美，寓意深長，耐人尋味，幽默辛辣，許多典故至今仍值得我們深省。不管從文學闡述角度，還是思想、藝術性方面都達到了相當高的境界。

中國篆刻藝術有着悠久的歷史傳統，幾千年來備受人們的喜愛，尤其是秦漢印、明清流派印，爲篆刻追尋者之圭臬。我從十五歲開始學習篆刻藝術，至今已有四十年了，回想所走過的歷程，三天打魚兩天曬網，雖没有痀僂承蜩的刻苦精神，但始終没有放棄，得益于對篆刻藝術的一份鍾愛。今天，我用篆刻藝術的形式，精選了百句寓言典故，創作了百方印作，由于喜愛秦漢、吴讓之、趙之謙的作品，創作範圍局限于此。

《寓林折枝印選》只是近幾年陸陸續續創作而就的，主要受到古代散文《寓林折枝》一書的啓發，被書中寓言典故情節所感動，反映了中國文學創作的智慧。

所選作品的排列，按创作年代先後進行，典故出處在每方印的邊款加以標注。作品創作過程中，從章法、字法、筆法、藝術效果等方面，一定存在欠妥之處，敬請方家正之。

《寓林折枝印選》即將付梓，在此過程中得到陳茗屋先生的精心指點並撰前言。已故著名學者、原上海圖書館館長顧廷龍先生惠賜墨寶，在此之際表示深深的懷念与敬意。著名雜項文物鑒定專家蔡國聲先生也给本書题签，上海佛教協會會長、靜安寺方丈慧明大和尚和上海書畫出版社給予了大力支持，在此由衷地向他們及爲此書出版付出辛勤耕耘的師長、好友表示誠摯的謝意。

歲在乙未夏至趙墨良記于墨石齋

圖書在版編目（CIP）數據

趙墨良印存：寓林折枝印選 / 趙墨良著 .-- 上海：
上海書畫出版社，2015.9
ISBN 978-7-5479-1093-1
Ⅰ．①趙… Ⅱ．①趙… Ⅲ．①漢字－印譜－中國－
現代 Ⅳ．① J292.47

中國版本圖書館 CIP 數據核字 (2015) 第 215062 號

趙墨良印存 寓林折枝印選

責任編輯 張恒煙
審　讀 沈培方
責任校對 郭曉霞
封面設計 岳文婧
技術編輯 錢勤毅

出版發行 上海世紀出版集團
上海書畫出版社
地址 上海市延安西路593號 200050
網址 www.ewen.co
www.shshuhua.com
E-mail shcpph@163.com
製版 上海文高文化發展有限公司
印刷 上海盛通時代印刷有限公司
經銷 各地新華書店
開本 787×1092mm 1/20
印張 5.6
版次 2015年9月第1版
2015年9月第1次印刷

書號 978-7-5479-1093-1
定價 80.00圓